CW01091222

Madame
Poipoi

Monsieur
Henri

Gino
Marto

Rémi
Lepoivre

Adrien
Dubouchon

Mélanie
Lano

# Tom-Tom et Nana
## Les cartables décollent

Scénario : Jacqueline Cohen. Dessins : Bernadette Després.
Couleurs : Catherine Legrand.

A LA BONNE FOURCHETTE

Marie-Lou
Dubouchon

Yvonne
Dubouchon

Nana
Dubouchon

Tom-Tom
Dubouchon

© Bayard Presse (*J'aime Lire*), 1985
© Bayard Éditions / *J'aime Lire*, 1990
ISBN : 978-2-7470-1382-6
Dépôt légal : janvier 2004
Droits de reproduction réservés pour tous pays
Toute reproduction, même partielle, interdite
Imprimé en France par Pollina - L72291A

# Le sac de gym

6

Voilà, il les a prises!

Hé! Tom-Tom! Qu'est-ce qui t'arrive?

Je... n'veux... pas aller à la gym!

Oh! Pourquoi?

Parce que... euh... je suis malade!

J'ai mal au ventre, aux pieds... partout...

...Mes parents, ils veulent m'obliger à faire de la gymnastique!

Oh! Mon pauvre!

Tu n'auras qu'à dire à la prof que tu as oublié tes affaires!

On va se débarrasser de ton sac!

12

# L'affaire du squelette

Je parie que c'est Marie-Lou qui me l'a fauché!

Bizarre, je ne le vois pas...

Il est peut-être dans la chambre des parents!

Oui... Ils seraient bien capables d'avoir fouillé mon cartable!

C'est ce qu'on va voir!

Rien... Je ne trouve rien!

Je parie qu'ils l'ont fichu à la poubelle!

109-5

19

Scénario J. Cohen -

# Plus on est de malades, plus on rit !

...Sniff...
Et il va être tout seul, aujourd'hui!
Je ne peux pas aller le voir!

Et votre mari?

Il est en voyage!

Et votre belle-mère?

Elle a une crise de foie!

Smiiiiifff...

On irait bien, nous, mais c'est qu'on a du boulot!

Oooooh!!

Allons, ne vous en faites pas, on va essayer de trouver du monde pour lui rendre visite!

Oh, merci! Je vous quitte, je dois aller travailler...

Psshiii!...

105-2

26

Peu de temps après...

J'ai pris 5 bouteilles de Pétibulle! Et moi 1 kilo de boules magiques et de chewing-gums!

Quand même, ça me fait un peu peur d'entrer là-dedans...

HÔPITAL
SILENCE
VISITES

Y'en a qui disent que ça sent mauvais!

T'en fais pas, j'ai pensé à tout!

ENFANTS
CHIRURGIE

Et puis, il ne faut pas faire de bruit!

SILENCE

Chutt! ch'est là!

007

Rémi! Mais ch'est ch'ouette ich'i!

Vous?

Scénario J. Cohen et Rodolphe.

# L'indigestion de géographie

38

42

# La cerise de Noël

On a le nez bouché, la gorge qui pique...

Oui, mais on peut faire du ski!

Merci! Pour se casser une jambe!

Oui, mais il y a de la neige en hiver, c'est joli!

Tu parles, il n'y a même plus de feuilles sur les arbres!

Mais si! Il y en a sur les sapins!

Oui, mais sur les sapins, il y a même pas de cerises!

C'est ça le pire, en hiver: il n'y a même pas de cerises!

95-2

J'arrive même plus à me rappeler comment c'est une cerise !

Allons, fais un effort, c'est rond...

...C'est rouge !

Et quel goût ça a ?...

...Comment ça fait, quand on a une cerise dans la bouche ?

Ecoute, il faut te résigner mon pauvre Tom-Tom !...

Ooooh !!

...Il faut attendre le printemps ! Trois, quatre mois, c'est rien du tout ! Jamais je ne pourrai... attendre jusque là....

...Ta-mais !!! Mais j'ai une idée superbe !

# Tom-Tom et Nana : les cartables décollent

Scénario J. Cohen et Rodolphe.

# Tous chez Michou Mod'!

61

Scénario J. Cohen et Rodolphe.

# La grosse bagarre de Noël

Scénario J. Cohen et Rodolphe.

# Bonne Année, Tante Roberte !

Et voilà, vous devez aller chez Tante Roberte à midi !

Moi ? Pourquoi moi ?

Pourquoi nous ?

Vous savez bien que nous, nous allons chez tante Rosine !

C'est prévu depuis longtemps.

Allons... Passez une bonne journée, et embrassez-la bien de notre part !

Tante Roberte ! Quelle barbe ! D'abord elle ne nous aime pas...

... Et puis elle va encore nous servir son affreux ragoût de tripes de mouton à la sauce chou-fleur...

Berk !

Ça, c'est vrai... L'année dernière, j'ai failli vomir...

Vous exagérez... Ça se passera beaucoup mieux cette année !

Allez vite vous habiller, on part dans un quart d'heure !

On n'ira pas chez tante Roberte... Tu peux me croire ma p'tite !

Qu'est-ce que tu fais ?

Je vais cacher les habits de papa ! Aide-moi !

On part dans cinq minutes les enfants !

Voilà, je suis prêt!

Mais...

...Ta barbe! Tu n'es pas rasé!

Oh! C'est vrai!

J'en ai pour trois minutes...

Je vous retrouve à la voiture...

BZZZ.

Ça y est, on va le manger le ragoût de tripes de mouton...

Non! Non! Et non!

Cette voiture n'ira pas chez tante Roberte!

Elle n'ira nulle part!

Tom-Tom, tu es génial!

84-5

79

# Tom-Tom et Nana : les cartables décollent

Scénario H. Bichonnier et J. Cohen-

# La pub de l'année

86

# Tom-Tom et Nana : les cartables décollent

92

Scénario J. Cohen -

# Tom-Tom et Nana

## T'es zinzin si t'en rates un !

 ☐ N° 1

 ☐ N° 2

 ☐ N° 3

 ☐ N° 4

 ☐ N° 5

 ☐ N° 6

 ☐ N° 7

 ☐ N° 8

 ☐ N° 9

 ☐ N° 10

☐ N° 11

 ☐ N° 12

☐ N° 13

☐ N° 14

☐ N° 15

 ☐ N° 16

 ☐ N° 17

 ☐ N° 18

 ☐ N° 19

 ☐ N° 20

 ☐ N° 21

 ☐ N° 22

 ☐ N° 23

 ☐ N° 24

 ☐ N° 25

 ☐ N° 26

 ☐ N° 27

 ☐ N° 28

 ☐ N° 29

 ☐ N° 30

 ☐ N° 31

 ☐ N° 32

 ☐ N° 33

 ☐ N° 34